LOST JOURNEY OF DEAD

WAR OF LOST

SUMEET KUMAR

Sumeet Kumar

Sumeet Kumar , A adult who experiences many phases of life , a well known writer and a writer of new era In reality he is a writter as well as singer (as a hobby) and a standup comedian . Very exciting and interesting fact about him is that he is author of New era i.e. he starts his journey of writing at the age when he was going to schools to get the study .His some famous works i.e. Maturity Of Love (Genre - Love),Privacy For Dream (Genre - Middle Class), Army Squad ofLove (Genre- The Seperation of Army Love), 5 Days of Love(Genre- Temporarily Love), Th e Endearment Of Love(Genre - Historical Era

Of Love), Social Destruction Indo-Pak (Genre - The Story of The Love At The Time Of Division Of India And Pakistan), Middle Class Soul (Genre - The Dreams of Middle Class), The Accursed Kanatpur (Genre -The Horrific Story Of A Village), Wrong Number (Genre -The Suspenseful Physco Killer Story), The Secrecy OfDeadly Midnight (Genre - The Suspense About a Crime),Fragile Religious Of Death (Genre- The Death Of A TrustfulPerson), Nature Vs Science (Genre - The Future Battle Between Nature And Science In A Horrific Way), Generic Man (Genre - The Dream of I.I.T), The Unconsious 12 Hours(Genre - The Illusion At Stage Of Comma), The StrangeBurden (Genre - The Burden Of Love) , Her Existence (Genre- The Female Pain In The Society) , Jockstrap Prize (Genre -The True Story Of A National Athlete) , H Man [Hindi] (Genre - Superhero Tragic Story), H Man [English] (Genre - Superhero Tragic Story) , Maturity Of Love [Englsih] (Genre - Love) and many more are available on various geners on the offcial platform of Amazon, Flipkart and Notionpress. You can buy them from there.

Contents

Preface

Wajood seh judi har kahani haqqeqat seh banti ,agar vo banti hai toh uski parchai ,aur iski parchai mere jeevan ki vo kahani hai jishe mein apni aankheion seh dekh raha tha per iski soch mujseh behad alag hai ADITYA HOLKAR ki kahani bhi ham sab ki aam zindagi seh behad milti kyunki jish tarah seh isne apni insaniyat mita havniayt ko chuna ushi tarah agar ish tarah ke haalat hamari mehfil mein hote toh sayad aaj hammein seh koi ek saksh ADITYA ki tarah hota hai jisne na toh sirf apni insaniyat gavai balki apni mohabatt aur apne bachpan ki har vo yaadeion jo hamare liye keemti hai ...

Acknowledgements

Sumeet Kumar

Sumeet Kumar , A adult who experiences many phases of life , a well known writer and a writer of new era In reality he is a writter as well as singer (as a hobby) and a standup comedian . Very exciting and interesting fact about him is that he is author of New era i.e. he starts his journey of writing at the age when he was going to schools to get the study .His some famous works i.e. Maturity Of Love (Genre - Love),Privacy For Dream (Genre - Middle Class), Army Squad ofLove (Genre- The Seperation of Army Love), 5 Days of Love(Genre- Temporarily Love), Th e Endearment

ACKNOWLEDGEMENTS

Of Love(Genre - Historical Era Of Love), Social Destruction Indo-Pak (Genre - The Story of The Love At The Time Of Division Of India And Pakistan), Middle Class Soul (Genre - The Dreams of Middle Class), The Accursed Kanatpur (Genre -The Horrific Story Of A Village), Wrong Number (Genre -The Suspenseful Physco Killer Story), The Secrecy OfDeadly Midnight (Genre - The Suspense About a Crime),Fragile Religious Of Death (Genre- The Death Of A TrustfulPerson), Nature Vs Science (Genre - The Future Battle Between Nature And Science In A Horrific Way), Generic Man (Genre - The Dream of I.I.T), The Unconsious 12 Hours(Genre - The Illusion At Stage Of Comma), The StrangeBurden (Genre - The Burden Of Love) , Her Existence (Genre- The Female Pain In The Society) , Jockstrap Prize (Genre -The True Story Of A National Athlete) , H Man [Hindi] (Genre - Superhero Tragic Story), H Man [English] (Genre - Superhero Tragic Story) , Maturity Of Love [Englsih] (Genre - Love) and many more are available on various geners on the offcial platform of Amazon, Flipkart and Notionpress. You can buy them from there.

CHAPTER ONE

THE PEACE OF ALMS

Waqt zindagi ki vo mehbooba hai jo har kishi ke hisse mein aane ko tayar nahi hoti ,ham har roj kayi logo seh milte hai unke baare mein jante hai phir unse kayi baar milne ki koshish bhi karte hai per kabhi ham ye nahi sochte ki kya vo sach mein hamare liye zaroori hai yeh ham bewaqt hee apni keemat unke samne kaam kar rahe hai ,kuch alfaaz bolne mein toh mitthe lagte hai per jab unk karvahat asliyat mein hamari zindagi mein jehar gholti hai tab jakar ham uski gehraiye ko samajh paate hai ,maine aishe rishte kayi dekhe hai ji sahi waqt aane per hamare sath bhi rehte hai aur hamari parchai bann kar hamare kareeb bhi per jab waqt ke cehre badalate hai aur har jagah khamoshi najar aati hai toh ush hamare rishte bhi ush dhundle ki khwaab ki tarah apni asliyat dikhate hai jishe dekh kar hamare vishvaas ki har ek neeb ush waqt hame unse durr jaane ki saalah deti hai ,khair maine waqt ko dekha hai uske kayi cehro seh muqabil bhi hua per aaj aisha mahasoosh hota hai ki zindagi kuch aur hee chhaht hai mujseh ,mein kabhi kishi ke khilaf nahi gaya apni zindagi mein ,apni insaniyat ko hamesha khud seh jodd kar rakha ,ushe khud seh zyada mohabatt vo bhi ishliye ki kahi havaniyat ki baahe mujhe apna humsafar na bana le , pele sochta tha ek accha insaan banna behad kathin hai per aab aisha lagta hai ki ek burra insaan usse bhi zyad kathin hai ,mein apni achai ko chhodna chhahta hun kyunki meri ruhh ko ek naye cehre ki zaroorat hai ,agar mein ish waqt nahi badla toh saayad aage jakar meri fidrat aur meri soch kayi mujhe hee na nuksaan paucha de ,men chhah kar khud ki soch ko rauk nahi sakta chhahe vo galat hee kyun na ho per mujhe vo apni lagti hai ,mein ishe khud seh alag karne ki tammana har roj karta hun ,kyunki mein janta hun ki agar mein iske kareeb aaya toh mere apne rishte mujseh durr chale jayege aur saayad mein unhe rauk bhi na payun ,khud pe itni likhwat hai ki aab kaagaz ki har chaap bhi mujseh durr rehne ki koshih karne lagi hai ,meri khamoshi bhi mujseh durr jaana chhahti jo mere liye en saalo mein meri humdum bann chuki thi ,khair mein kishi seh khafa nahi hua ish cheez ko lekar ki vo mere sath kyun chhod rahe hai ?

CHAPTER TWO

THE SILENCE SENSE

Bas ek soch hai jo mujhe har waqt pareshaanm karti hai ,yeha tak aandar seh mujhe todd kar rakh deti hai ,mein chhah kar bhi unse laga nahi ho pa raha ,maine unse kayi saval bhi kiye hai ki tujhe mujseh chayie kya ?per vo kamwaqt mujhe javab tak nahi deti ,vo mujhe apne jehan seh durr hee nahi karna chhahti ,mein usse kitna bhi durr kyun na jaana chhhahu vo har waqt mere kareeb aane ki koshish karti hai ,gam ke saaye bhi aab mere hisse mere jeene ki wajah bann chuke hai ,sehar badlun yeh chhahe makan meri manjil nahi badalne vali ,jab log puchte hai ki kaishi hee kafiyat tumhari ?tab ush waqt mere hisse mein vo alfaaz maujood rehte hai javab ke per mein unhe theek seh apne dard ko bata bhi nahi sakta kyunki meri soch mujseh kabhi ye nahi chhahti ki mein kamjoor banu ?agar meri khushiyan bhi meri jholi mein aati hai bhale hee kuch waqt ke liye hee sahi phir bhi mein unke rang mein rang nahi sakta ?akhir kyun ye bhi ek saval hai mera ?

Lamhe gujar per kishi ki yaadeion aab bhi maujood hai mere jehan ,aishi baat nahi koshish nahi karta unhe khud seh alag karne ki ,har roj karta hun per harne ki aab fidrat hai un rishto ke samne jinhone bhari mehfil mein mere sath rehne kayi juthe vaade kiye thhe , mein unse kaiseh niklun mujhe tak nahi pata ,do pal ki aazadi chaiye mujhe jo sayad mere hisse mein mujhe mill he nahi rahi ,bash bhagne chhahta hun kahi durr jaha koi na ho , na hee insaan ki kaum aur na hee sapno ki fauj ,mein ush khuda seh itna bhi nahi maang sakta ki mujhe rihae karde apni ish matlabi duniya seh ,nahi chhata mein jeena ,meri ruhh jo har roj tadap rahi hai vo bhi kishi ki yaadeion uska kasoorbaar kaun hai ?

Kyun mujhe apni ish matlabi duniya ka hissa bana rahe ho ,agar meri fidrat mein azadi likhi hai toh de do na aur aazad kardo ,kyunki ye zindagi bhi aab maut seh behad dardnaak lag rahi hai ,mein ush kabr ki gaud mein sona chhahta hun apni har ek raat ko ush panchi ki tarah jo aazad hai apne hisse mein udaan ke liye ,mein bhi ushi ki tarah banna chhahta hun ,aishi baat nahi ki mushibaton vha nahi hongi ,per jish tarah mein aaj khud seh ladd kar har din aazad hone ke khyal seh khud ke jehan mein hee khud ko barbaad karne ki koshsih kar raha hun sayad usse mujhe aazadi mill jaye .

CHAPTER THREE

TELL ABOUT MY LAST WOUND

Maine apni zindagi mein kya khoya hai ?yeh kishi aur ko kyun batayun ,aur agar bata diya bhi diya toh kya vo sach mein mere hisse mein aakar mujhe aazado de payge ,yeh mujhe aur barbaad kar ke jayege ,bharosha zindagi mein vo daulat jo har kishi ko aashani seh nahi de sakta kyunki mein janta ki ye meri jeene ki gava hai ,agar mein iske hisse mein harr gaya toh sayad ek waqt ke baad fateh mere hisse mein kabhi naseeb na ho ,jab vo khuda mere halaton janta hai ,jab vo bahgvaan mere halato ko jante hai ,chhahe dharmo ko kitne bhi bhaag kyun na baat dun ,mere bhagvaan ,mere allah ,mere khuda ,bilkul nahi badalne vale ,mein kitabo ke alfaaz samjhata hun vo jo bolna chhate hai mein unke baare mein bhi janta hun per kya vo mere pareshaniya jante hai ,mein kishe tarah seh khud ko sambhal raha hun kya vo ye jante hai ?tali aur khuda hamesha hamare sath rehte hai ye mein manta hun bhale hee vo har wat hamare kareeb nahi rehte hai per waqt aane per jab bhi hame unki zaroorat hoti vo ush waqt hamare liye maujood hote hai aisha mujhe lagta hai .

Aab vo himmat mere hisse mein rahi nahi ki mein khud ko ye keh sakun ki chhod na aage badhte hai kynki mein waisha hun hee nahi ,mere rishte hee meri kamjoori bann chuke hai ye toh khud ko chhodne ke liye mujhe tayar hona parege ye unhe chhodne ke liye mujhe khud seh hee thodi bagabaat karni hongi ,manjil bhale hee ek hai inki par raaste do hai ,agar in dono mein kishi ek ko chuna toh sayad dusri wajah bura mann jayegi ,aur agar waqt rehte in don mein kishi ko nahi chuna toh sayad meri zindagi bura mann jaygei ,ye mein ush safar ko khatm hee na kar payun jo maine suru kiya hai ,Ishq mein hee sirf logg barbaad nahi hote aur bhi ish duniya mein bahut sarri cheeze hai jo hame barbaad karne ke matr ek chhahat aur najariya dhundti gai jishe ham apni aankheion seh dekh toh sakte hai per ushe alag vo himmat hamare pass hoti hee nahi hai ,akhir karu bhi toh karu ?ek jhatke mein toh saal bhar ke rishte khatam toh nahi kar sakte ye unhe ye toh nahi keh sakta ki mujhe tumhare hone ke aehsaas hee nafrat hai ,mere jehan ki har dur tum seh durr rehna chhahti hai aur mehfooz bhi ,saayad mujh mein aab vo himmat nahi ki mein ush dard ko jehl sakun jo mere kabhi apne hai hee nahi aur na hee bann sakegi ho sake toh mujseh durr chali jayo kyunki mujhe jeena hai vo bhi khul ke ,mein kishi ke bandhan mein nahi rehna ,tumhare hone seh mujhe khud seh ghinn hone lagti ,mein khud ko majboot nahi lachar samjhata hun ,aur waqt ke sath kamjoor bhi ,na mein tumhe apni mohabatt mann sakta hun aur na hee tumhe apni khushyian batt sakti aur agar hisse mein khamoshi di toh ush aehsaas ko tum jhel nahi payoge aur saayad hamare rishte in sa ke baad kabhi majboot ho hee na ,khair chhae apne ho ye paraye mujhe kishi seh khaas mohabaat naseeb nahi hui ,per itna zaroor keh sakta hun ki unke dhoe ki fidrat behad lajavab thi ,kyunki mein unki juthi mohabaat ko bhi sach mann kar chal raha tha ,mein janta ki ye zaroori nahi ,mein ye bhi janta tha ki agar inhe apne hisse mein jagah di toh meri khushiyan mujseh durr chali jayegi aur saayad aaj ki sham ushi cheez ke naam hai .

CHAPTER FOUR

TIME KEPT WITH RELATION

Rishto ko waqt dena matlab unhe aur bhi zyada khud seh jodd kar rakhan ,ye baat har ko nahi samjhata ,jishe ish yug mein apka sath chhodna hai vo chhod kar chala jayega ,mein kabhi kismat i baateion nahi manta kyunki mein janta ki vo ek haqqeqat hai jo hamare hisse mein bahut pehle seh maujood hai ,ham kabhi bhi ushe khud seh alag nahi kar sakte chhah kar bhi ,vo hamar zindagi mein ek aayene ki tarah har waqt hamare sath rehti hai aur hame rishto ki asliyat seh waqif karvati hai .

Bachpan ki yaadeion itni majboot rehti hai ki ham ushe kabhi bhul hee nahi aate per jav vhi yaadeion javani mein banti hai toh ham ushe har waqt yeh toh khud seh alag karne ki koshish karte hai yeh toh usse durr jaane ki ,kyun ?kyunki jo rishte ham nadan hokar hai unki dewaare moh ke dhaage seh bante hai aur jo rishte hama javani mein soch samajh bana kar bante hai uski dewaare unhi ki tarah kamjoor hoti hai ,mein yeha kishi ko bada nahi manta na hee mohh ko aur na hee soch ko ,baat toh bash itni hai ki bachpan ke rishte milavat seh durr rehte hai ye misran ,per vhi javani ke rishte milavat mein purri tarah seh khud ki pechaan tak kho dete hai aur unhe ye aehsaash tak nahi hota ki jo unke sath vo lambe waqt tak unke pass rukne nahi vala .

Kishi ne kaha tha ki kuch sikhne ke behtar ki tum ushe apna banane ki koshish karo aur saayad vo saksh galat tha kyunki jab ham apne rishte banate hai toh uske peeche ham ush waqt ki parvaah karna chhod hee dete hai jiski har ek muraad hamare hisse mein behad zaroori hai ,aur saayad mein jiske baare mein aap sab ke samne uski har ek chhahat rakhne vala hun jo uski haqqeqat seh judi hai vo kaffi apni shi lagti hai mujhe aaj bhi ,saayad yaadeion itni bhi khraab nahi hoti pehle mein ye sochta tha per aab aishi lagta hai ki vo khraab nahi behad khrab hoti hai yeh barbaad hee keh lo ,maine kabhi kishi ye mauhlat nahi maangi ki vo mujhe apne hisse mein aakar pyar kare ye mujhe beintaah chhahne ki koshish kare ,hum don pehle mile phit kuch din tak baateion aur phit laga ho gaye ,kaffi sadharna shi hoti hai ham sab ki kahani per ham ush ek saksh ek itna mahtav dete hai ye ush rishte ko itna mahatv dete hai ki vo na chhahte hue bhi hamare liye khaas bann hee jati hai ,meri pehli mohabatt sirf meri ma ki mamta hai aur dusri mere baap ki ijjat ,bakki isse zyada na toh mujhe kishi cheez ki sifarish hai hisse mein aur na hee maine kabhi kishi cheez ki isse zyada muraad ki ,khair agar alfaazo ke kel mein phase reh gaye toh syaad waqt nikal jaye aur ush saksh ki kahani adhuri hee na reh jaye ishliye chalo aap sab ko ek aishe mushafir milata hun jiski khamosh baaheion bhi kuch logo ko sukoon deti thi ....

CHAPTER FIVE

VIBRATION OF PAIN

"LOTERI LIKHAWAT MEIN
SAAYAD MERI
KAHANI
AEE KHUDA
ADHURI REH GAYI
JO
MURAAD LIKHI THI
USKI CHHAHAT
MEIN
USKI
NUMAAISH BHI
KUCH ADHURI REH GAYI
AUR LOG KEHTE HAI KI
MUJHE USSE MOHABATT
KUCH KHAAS
NAHI
HAI
AUR MUJHE LAGA
KI SAMAJ KI DALILE
MERI EK TARFA
MOHABATT KE LIYE
SAAF NAHI HAI .

”

CHAPTER SIX

HIDDEN TREASURE WITH HELL

Daulat seh kabhi kishi insaan ki eklauti fidrat kharidi nahi ja sakti vo bhale hee kuch waqt ke liye uski ahsoh mein aakar khud ki pechaan zaroor bhul jaata hai per uski chhahat ushe kabhi galat karne hee nahi deti ,agar aashiyane mein deepak ki roshni kam ho jaye toh andhre ki khamoshi ush waqt purre ghar ko apni moh maaya ke bheetar sama leti ,per vo kehte hai sooraj ki koi raat nahi hoti aur na hee kishi chand ki koi subah hoti hai ye bhele ek dusre seh kaffi alag hai aur inki taqat hamare duniya ke liye behad zaroori hai phir bhi ye dono apne aashyiane ko kabhi nahi bhulte ,saayad uski bhi ek wajah hai ,agar koi saksh apse naraj aur vo apke behad kareeb bhi hai ,toh ush waqt apki chhahat ushe apne hisse kabhi ush ghamand ki parchai bilkul nahi dikhane vale jishe aap har roj mahasoosh karte ho vo bhi khud ke aandar ,ye duniya jitni havaniyat seh bhari hai ,usse zyada insaniyat hai ish jahan mein agar aap ek pathar maroge toh uske jhakm ko durr karne ke hazaro dua padhi jayegi ,jab ush khuda ne yeh ush uparvale ne hame banaya toh ,ye sochkar kabhi nahi banaya tha ki hum khud seh irshiya aur nafrat karne lage ge ,jab ush khuda ne hame banaya toh ye soch kar banaya ki mein ek insaan bana raha hun ,hum unke bacche hai ye maine bahut pehle yeh aaj bhi kay jagah per suna vo hame kabhi bhi kishi mushibat mein nahi dekh sakte ,per agar vo hame mushibat mein nahi dekh ye hamari maut ko apne hisse mein kabool nahi kar sakte toh jo log marte hai kya vo unki rakh ko kabool kar pate hai ,mujhe toh nahi lagta kyunki unhone ne toh sirf hame banaya hai ,bakki katl ki bhumika ye kishi insaan ko marne ki bhumika toh hum khud insaan hee nibhate hai ,kya kishi bahgvaan ne aaj tak kishi insaan ki hatya ki hai ?mujhe toh nahi lagta ?kyunki jish mandir ko ham pujte hai vo bhi hami ne banya hai ,jish dargah ke samne ham apne mastak ko jhukate hai vo bhi toh hamne hee banaya ,toh jab mohabaat ki har ek deewar ko ham apna mante hai toh nafrat ko kyun nahi mante ?

CHAPTER SEVEN

IDENTIFY THE HUMAN NATURE

Agar insaan galat ho sakte hai toh ye bhi toh sakta hai ki unke banaye rishte unki tarah hee galat hai ,mein ush khuda ki yeh ush uparvale ki baat bilkul nahi kar raha ,vo toh hamari kaaya mein aab bhi brijmaan hai per iska matlab ye toh nahi ki hun khud ki bhumika bhul jaaye yeh khud ki insaniyat bhul jaaye ,chhahun toh ish adhuri daastan aur bhi kishi lambe safar per lekar ja sakta hun per ush saksh ki kahani kahi adhuri na reh jaye ish baat ki bhi khamoshi hai jo mujhe andar seh hee pareshaan kar rahi hai aur mein ye bilkul nahi chhahta ki mein kishi ki amar kahani ko ish tarah seh barbaad karu ...

CHAPTER EIGHT

COMMON HEART

MUMBAI

DHARAVI (400017)......

ADITYA HOLKAR ....

Ish kahani ki har ek neeb rakhne seh pehle mein apne baare mein batana chhata hun ,mein nahi janta ki meri zindagi ki sui kaha tak hai yeh iske dhaage mujhe kish waqt jinda rakhne ki koshish karege ,par meri ek khawish hai naam banane ki jishe mein marta dam tak bhulna nahi chhahta ,khair mere naam ki pechaan toh aap sab bante hai agar koi janta reh gayi hai toh mein unke ye batana chhahta hun ki mere naam ADITYA HOLKAR hai ,aur mere dost mujhe "MIRCHI" keh kar zyada bulata hai iske peeche bhi rahesya hai jiske baare mein kuch khaas yaadeion toh nahi judi hai par ha mujhe gussa bahut jaldi aata hai chhahe mere samne vala pyar ki baateion kare yeh kishi aur cheez agar dil na kaha ki galat hai matlab meri bagal vali ruuh jo meri eklauti jaan hai agar ushe koi baat galat lagi toh vo mere sareer ko kabhi sahi lag hee nahi sakti ,khair chalo apne baap ke baare mein batata hun vo ek imandar POLICE vala hai ishliye aaj tak rishvat nahi li usne ,khair uske naam ki pechaan SRIKHANT HOLKAR hai ,naam ke ilava usne aaj tak na toh meri ma (aaee) ko kuch diya hai aur na hee mujhe , meri aur unki kabhi nahi banti na vo mere ijjat karte hai aur na mein unki iske peeche bhi ek raaj jish raaj ki kahani mere sapno seh judi hai aur daulat seh bhi ,bachpan mein mujhe khilone ko bada saukh ishliye jab bhi bade ghar ke ladke ko sath mein kehlta tha toh unke khilone mujhe behad aache lagte hai ishliye maine ek din unhe churane ki koshish ki aur ushi din mere baap ne mujhe dekh liya aur mujhe apne khote mein daal diya ,ush waqt meri umar saayad 12 ki hongi ,per buddhi 26 ki thi mere aandar ush din pehl baar mere baap ne mujh per hee FIR darj kar di phir baap ki hasiyat seh churane bhi aaya aur bachpane mein kayi daag jo uske chamre vaale belt ki mahima seh thhe , bada insaan banna tha apun ko ishliye sapne bhi bade thhe mere kabhi ye socha hee nahi zindagi mein ki karne kya hai sivaye paisha kamane ke ,jish mohalle ko mein tajmahal manta saali vo bhi bewafa thi bilkul mere baap ki naukri ki tarah jo ijjat toh deti thi per khushiyan nahi ,tang aa chuka apni ush purani zindagi seh ,padhne ka saukh bachpan seh hee nahi tha ishliye khelne ka socha vo bhi daulat seh per mere baap ko usme bhi dikkat thi ishliye mujhe 17 saal ki umar mein hee bahar phek diya jaishe kishi kachde ko bahar phekte hai ,ush waqt jab mera baap mujhe mohalle seh nikal raha tha toh purri kholi aur aakha duniya ush din khush meri beijaati per meri ma ki aankheion (aaee) mein jo aasyun thhe vo mujseh dekhe nahi ja rahe thhe per vo bhi kya karti ye toh ush waqt ushe apna beta chunna yeh apna pati ,agar mujhe chunn leti toh mere baap beshara aur agar ushe na chunti tab bhi koi na ush waqt besahara hota hee ,mere baap seh mereko koi dkkat nahi hai par jo ush din usne kiya na ,aai shapat insaniyat marr di usne vo bhi chand daulat ke khatir jo uski thi bhi nahi ,bhale hee ijjat ki nahi thi per thi toh meri ,ush din seh usse mohabaat aur nafrat zyada hone lagi ,maine ushi din seh soch liya tha ki ek din itni daulat kamayung ki akkha (purri) MUMBAI mere pau ko neeche rahegi ,ishliye maine socha ki koi dhanda hee suru karu ,par uske liye hathon mein utne paishe nahi thhe ,kyunki jab mere baap ne mujhe apne ghar seh nikala toh mere hath mein 60 rupaye thhe , aur duniya bhar ki behissab beijaati bhi sath mein the , uske nikalne ke baad mein kaha jayunga usne ye baat ek baar bhi nahi sochi , aur mere pass toh pehle se hee ghar ki kami thi ,per jish din mere baao ne nikala ush din chhath ki kami bhi khalne lagi ,aur bhook ,pyas ki alag hee duniya thi ,par mereko pata mein ye dard bhi jhel lega ishliye mein ush din DAVID ANNA ,ke pass gaya ,kahir meri janta mujhe iske liye maff karna bhai log ,abhi zindagi mein bahut pehle seh band baji hai ishliye mein iske baare mein baad mein batayunga ki ish DAVID ANNA ki kya jaat hai aur ye kishi tarah ka janvar ,mein ush din gaya toh tha isse kaam mangne ,per isne toh mujhe apna right -hand hee bana liya ,pehle toh mein kaffi choka aur hairaan hua ki aaj sooraj ki disha badal gayi hai kya ? aur mein ish takle seh kuch din pehle hee mila hai ,phir ye mujhper bina chand ki roshni vo bhi safed vali kyun daal raha hai ,mereko pehle laga ki mein mana kar dun ,per gareeb bhook ke liye kuch bhi karta hai aur ush waqt mujseh zyada gareeb koi na tha ishliye mein socha hai ki sadko pe marne seh behat hai ki iski right -hand hee bann jayun , DAVID ANNA phoolo ka vypyaar karta tha ,matlab sadhran bhasha mein bole toh ladkiyo ki taskari ,per ye baat ush waqt mere ko bhi maloom nahi thi ,kyunki vo sach mein phoole ko dhanda karta tha ,matlab meri janta itna toh samajh gay hongi ki insaan ek hai per uske dhande anek hai ,matlab duniya ke samne vo RAMESH APTE tha jiska phoole ka vypyaar hai ,per hamare samne DAVID ANNA jo ladkiyo ki taskari karta hai , jab pehli baar usne meri madad ki mein ushi waqt uska fan ho gaya tha aab ye maat puchna ki ye kab hua ?

CHAPTER NINE

ENEMY ADORE

Khair chalo ye bhi tumko batata hun ,jab ghar seh mere baap ne mujhe nikala tha toh ush waqt do ghatna hui meri zindagi ,pehli ye ki usne mujhe ghar seh nikala aur dusri ye ki maine DAIVAT SHINDE ke das peeti jashn manane mein uda diya ,matlab maine toh DAVID ANNA seh yehi kaha tha ,par baat toh kuch aur hee thi ?

Aur ush baat ki khaal bhi mere baap ki imandari jiski baudaulat usne saare paiseh jo maine kamaye thhe yeh mujhe DAIVAT shinde ko dene thhe ,vhi paiseh mere baap ne sarkaar ki jholi mein daal diye vo bhi ek tambe ke medal ke liye , jab ye baat DAIVAT SHINDE ko pata chali toh usne mere peeche gunde bheje thhe mujhe marne ke liye ,par meri kismat acchi thi ye kharab ye mein keh hee nahi sakta kyunki jab billi rasta katt thi hai toh thode waqt ke liye hame apne kadam lete hai kyunki vo ush waqt subh nahi manni jaati hamari kaum mein , per maine apne kadam ko chalang bana kar seedhe DAVID ANNA ki ek aishi duniya ja fasha jaha seh nikalne ke raste toh thhe per behad khatranak thhe ,saayad ma ki talim aap bhi yaad aati hai chhah kar bhi ushe aab ye nahi keh sakta ki ma (aaee) bahut yaad aati hai teri ,kyunki mein ghar seh toh nikal gaya tha per uski yaadeion jehan mein aab bhi bakki thi , mere baap seh meri bilkul nahi banti thi ye purri duniya janti thi per vo bash itna jante jo maine unhe bataya ye mere baap SRIKHANT HOLKAR ne dikhaya tha ,kehte hai ghar i baateion agar ghar mein hee rahe toh uske deeware bhi loyal hoti hai ,aur jo raaj mere aur mere baap ke beech ki seema bann chuki thi yeh imandaari ki hava vo waqt rehte durr honi bahut zaroori thi ,DAVID ANNA ye baat acchi tarah seh janta tha ki mein apne baap seh kitni nafrat karta hun ishliye mein pehle seh chaukana tha kyunki mein vo teer nahi banna chhahta tha jo khud ke ghar ki hee harr ki wajah bann jaye ,ye kahani ush morr per thi jaha seh na toh mein laut kar ja sakta aur na hee kishi ko ye jahir kar sakta ki mein yeha aaya kyun ?

CHAPTER TEN

LOST IN MUMBAI STREET

Meri kahani jitni seedhi lag rahi utni hai nahi kyuni abhi toh iski ek suruyaat hai jo mein likh raha hun ,khair jab jeb mein paiseh nahi thhe toh DAVID ANNA ne hee mujhe sambhala tha aur ishliye mein uske khilaf nahi ja sakta kyunki baat ush waqt sirf insaniyat ki nahi ek karz ki thi jo mere baap ki wajah seh mujhe mili thi ,mein janta tha ki mein galat ka sath de raha hun phir mein apne hath peeche nahi kar sakta , mein mahabharat ush waqt saayad karn bann chuka per mere hisse mein daan ki koi jagah nahi thi , waqt ke sath jab hisse mein sauhrat aayi aur jab kamayabi ne ser ko chumma toh ush waqt ki zindagi mere liye behad laga thi ,ush taqat ko mein mahasoosh kar raha tha ,per mera ye sapna bilkul nahi tha ki mein MUMBAI per raaj karu ,per saayad ush din uparvale ki awaz meri muraad kuch aur hee likh gayi ,mein ush din ko kabhi bhul nahi sakta aur saayd ush din ko purri mumbai ki publich bhi na bhule .

CHAPTER ELEVEN

QUOTES OF WAR

"MERI
PEHLI DAULAT
MERI MA
KI MAMTA HAI
AUR DUSRI '
MERE BAAP
KJ IJJAT ."

KING OF MUMBAI

DATE : 22/04/2005
DAY : FRIDAY

Zindagi mein do tarah ki daulat hoti hai jo har insaan ki aarzoo hoti hai chhahe vo gareeb ho ye ameer ,ye kishi kude kachre ki gaaliyon mein reh ka pala bhara ho ,yeh kishi chool mein ,yeh badi building mein ,pata hai ushe kehte hai pehli do apni masuka hoti hai jishe ham paiseh kehte hai aur jisme bapu ki mast smiile vali photo chipki hai ,dikhne mein hari paati ki tarah aur jab vhi jeb mein aati hai toh sukoon deti hai ,aur dusri mashuka thodi kamini hai sharif logo ke liye kyunki vo apne hisse mein badh mehnat karvati hai ,per usse logo ko mohabatt bhi utni hee hai ,khair uske naam ki pechaan ijjat hai ,jiske pass

ye dono ho na vo insaan har kar bhi kabhi-kabhi jeet jata hai ,aur saayad uske pass duniya ki har daulat hoti hai mere khyal seh ,mere hisse mein maie pehli daulat toh be-shumaar kamai per dusri mere hisse seh behad durr thi aur saayad vo mujhe kabhi milti bhi nahi ishliye maine kabhi ushe paane ke liye utnbi

mehnat ki hee nahi ,per vo daulat mere baap ki hisse mein thi vo bhi be-shumaar thi ,hum dono ek dusre seh behad alag thhe ,SRIKHANT HOLKAR jaiseh logg galat nahi hai ye purri duniya kehti hai yeha tak meri ma ,per ushi jagah mein apni baat karun toh akhha duniya mujhe galat manti hai ,mere haalat mein

khud janta tha ki mein kishi ahosh mein apni zindagi gava raha hun per mein kabhi kishi ke samne jhukna nahi chhahat ,mujhe na toh MUMBAI ka king banna th aur na hee ush per raaj karna tha ,mereko bas ush jhapad paati ki shaan nahi chaiye ,mein bhale hee mahlo mein paida nahi hua per mein RAJA

toh zaroor banege ,aur iske peeche bhi ek sham hai jishe kehne ke liye alfaaz thode karve karne parege ,toh ye shaam 24 APRIL ki hai ,jishe din mere baap ne mujhe apne ghar seh nikala tha ,per ush din ek aur baat hui thi jo sirf mein janta hun ,ush din mere baap ne meri ijjat utari hee per koi aur bhi tha jisne ye

kiya tha ,vo mere kareeb nahi thi per mein ushe apna sab kuch manta tha ,ush din chhahta toh sambhal jaata per ittefaaq seh na toh meri kismat mere sath thi aur na hee usko mohabaat mere liye paak thi , suna tha waqt ke sath log badalte hai per uski mohabatt toh mere waqt ko dekh kar hee badal gayi ,ha

mein manta hun maine kayi galat kaam kiya thhe per jish jurm ki saja ush din mujhe mili thi mainc vo ki hee nahi thi, agar adhuri kahani batayi toh hisse mein sayad mere jurm ki kahani bhi mere insaaf ko samajh na paaye ,ishliye chalo suruyaat seh batata hun .

CHAPTER THIRTEEN

24 APRIL

24 APRIL ,ye vo din jishe mein chhahu bhi toh bhul nhi sakta ,kehte hai mohabaat mein dharm ki jagah naho hoti par mere hisse mein thi aur uske naam ki ibtida " AFREEN HAFIZA " thi jo meri eklauti barbaadi thi aur meri mohabaat ,log mohbaat mein aksar barbaad bhi hote hai aur aabaad bhi ,per mere hisse mein ye dono ek waqt per hee mili thi ,matlab AFREEN meri zindagi tab aayi jab maine khud ko kho diya ta jo mere hisse mein ush waqt itni badi barbaadi

thi jishe mein chhah kar khud ke hisse seh durr nahi kar sakta ,nacheez mujseh durr jaane ke naam hee nahi le rahi ,mein khud ko sambhal nahi pa raha tha bash itni shi baat thi ,mein jo bann chhahta vo mere baap mujhe kabhi nahi banne dete ,kitabo ke bhoj ne toh bachpan pehle maar diya per jab bada hu toh

baap ke taane ne uski jagah le li ,mein kya banna chhahta tha mujhe nahi pata bash mein apne baap ki tarah imandaar nahi banna chhahta ,AFREEN seh meri mulaqat dusshere ke raat hui thi , aur vo raat itni nasheeli thi ki uski har ek ghut aaj bhi mujhe betaab kar deti hai ,jab ham mile toh ek dusre seh behad

anjaan thhe per jish din ushe dekha ush din ushe apna sab kuch mann chuka ,bhale hee burkhe mein sirf uski aankheion dikh rahi thi mujhe ,per uski aankheion bhi masallah kishi chand seh kaam nahi thi ,per kehte hai na ki ek chand mein kayi daag hote kuch aache hote hai toh kuch burre bhi ,aur mere

hisse mein vo dono thhe ,kehte hai jab ek insaan ko kishi cheez ki aadat ho jati hai toh vo ushe apne jehan seh kabhi mita nahi paata ,aur mere khyal seh AFREEN mere liye vhi bann chuki ,jab ush din ushe pehli baar dekha na ,ush din mujhe ye baat bilkul nahi pata ki mein ushe kahu kya ? matlab mein bhale

hee ek kishi ke 32 daat todd sakta hun per uske samne jakar apni mohabaat ke baare mein baare mein batana saayad mere liye ye ush waqt mumkin nahi tha , per isse pehle mein apne kadam uske liye badhata usse pehle hee kuch kutte thhe jinko unki aukad batani thi ishliye na ushe din dusshere mein ROAD

GANG seh meri ladai ho gayi ,aur unhone mere sath hee pange kyun kiye mein nahi janta ,kyuni jab mein afreen ki taraf dekh raha tha ushi waqt ROAD GANG ke ek bande ne mujhe hockey stick seh marne ki koshish agar meri najar ush bande pe nahi parti toh mer khopdi vhi zameen per vo bhi mere sareer ke

sath padi hoti ,kehte hai log pyar mein pagal ho jate hai per ush din pehli baar mein andha hone vala tha ,isse pehle vo mujhe marte ,maine usse pehle hee unhe leta diya vo bhi GANDHI HOSPITAL ,taake sayd 56 aayege honge vo bhi sab ko miilakar aur hadiyan 1084 tutti thi vo bhi sab ko milakar , kehte hai na

black kapde mein har ladka galat nahi hot aur safed kapde har kishi maut likhi nahi hoti ,ush din sab sahi chal raha tha agar unke logo ne mujhper hamla na kiya hota toh ,isse pehle mein dubara apni prem ki patri aage badhta usse pehlehee vo apni kaum mein kho chuki thi ,per kehta hai

agar kismat mein
barbaadi tay toh uski likhwat mitane seh bhi uske khwaab
nahi badalate ,aur saayd meri mulaqat uski kaum mein uske
liye bhale hee ek tarfa bagabat thi par mere liye toh vo meri
pehli mohabatt mein ,hum dusri baar mein mile per ish
wqaqt haalat behad alag thhe pehle seh kyunki ish baar ham
seedhe mere
baap ki chauki per mile thhe ,matlab salakho ke peeche
,kyunki maine phir kishi ki hadiyan toddi ,per mein ush
waqt samajh nahi paaya ki mein jish salakho ke peeche kaid
vo ush salakho ki nagri seh kishi nikalne aayi hai ,tab baad
mein pata chala ki maine jiski hadiyan todi thi vo mere
eklauta saala nikla , matlab
SHADAB HAFIZ KHAN , per ush waqt bhi uski najron
meri taraf nafrat ke liye nahi uth rahi thi ,saayad udhi waqt
samajh jana chaiye ki ye mohabaat nahi,faana hai mere liye
,mein janta tha ki mein mohabaat ke kabil nahi hun ,kyunki
jiske baap ne apne eklaute bete ko kabhi apna maana hee
nahi uske hisse
mein mohabatt kaishi ?

CHAPTER FOURTEEN

DARKNESS ATTEMPT

DARBahut ajnaabi seh raste thhe kuch pal ke liye ,mein ush waqt samajh nahi pa raha tha ki meri zindagi mujseh chhahti kya hai ? na hisse mein daulat aur na hee baap ki chhath ,bakki jo bhi ushe mein apna kabhi mann nahi sakta ,ek ma (aaee) jishe apne bete pe purra bharosh hai ki vo ek din zaroor badelega ,aurek ruhh hai jo mujhe badalan toh chhati per mer dimaag ki ye arzi nahi .

Ush din jab vo apne bhai ko lene aayi thi toh ush din usne mere khilaf complain bhi nahi kiya ,vo bhi mere baap ke kehne ke baad bhi ,maine toh ushe yeha tak ye bhi bol diya tha ki kar de apun darta nahi hai ,pcr ush din uski khamoshi ne kuch jahir kiye beena hee sab kuch keh diya ,uski aankheion mein
mohabatt thi mere faana ki naam ,ush din jab duabar mile toh ish baar mein sach mein apne hosh kho baitha , jab mere baap ne mujhe ush din ke baad do din ghar ke bahar hee vo bhi rassiyo seh bandh kar chath per chhod diya vo bhi bhuke pyase ,aur ma ko bhi mere kareeb aane seh mana kar diya ,aur kayi
kasme bhi di thi ki agar tunne ushe khana khilaya ye ushe bandhan ko khone ki kosis ki toh mera maara muh dekhegi KAVERI .....

KAVERI HOLKAR jo ki meri puri duniya aur meri ma bhi (aaee),khair mujhe ye nahi pata tha ki maine jiske pitayi ki hai vo mere mohalle mein kuch din pehle
aaya hai ,aur uski behan jisse mujhe mohabaat hui hai vo mere neeche vale ghar mein hee rehti hai ,khair kahi bhi rahe ?

Ush din jab mere baap ne mujhe bandh kr chath per marne ke liye chhod diya tha tab vo aayi thi vo mere liye khana lekar aur usne mujseh ye kaha ki ?

CHAPTER FIFTEEN

SURVIVAL CONVERSATION

"

ADITYA : Ooo teri tu yeha kar rahi hai vo bhi meri kholi aur tere bhai ki haddiyan judi yeh abhi bhi tutti hai ..

AFREEN : Uski toh kuch din mein judd jaygei per mujhe nahi lagta ki tumhari judne vali hai ..

ADITYA : Meri hadiyan todne vala ish duniya mein paida nahi hone vale per ha mein jish din mer baap ke bandhan seh chuutha ush din sab ki vaat lga dunga.
AFREEN : accha ! vaat sabki baad mein lagana mister pehle khana kha lo ..

ADITYA : Tu mere liye khana layi hai jabki maine tere bhai ko peeta phir bhi kahi mein koi khwaab toh nahi dekh raha akkha mumbai mere seh nafrat karti
hai aur yeha tu mere liye khana layi hai ,kahi saali

*acting toh nahi kar rahi tu acchi banne ki ,aur kahi
isme jehar behar toh mujhe tapkane ke liye, chinta
matt tu bhidu mei marne nahi vala kyunki yamraaj
seh apni khaas bonding hai ..*
"

CHAPTER SIXTEEN

THE LOST NERVE OF PAIN

*"AFREEN : Ho gaya tumhara ,aur suno mister jo
bhi ho tum ,mein janta hun ki mere bhai ne ish
baar galti ki thi ishliye mein tumhe sorry bolne aayi
thi uski
taraf aur mujhe ko saukh nahi hai tumhari
bakwaas sunne tum honge don apni najron mein
per meri najron mein tum ek insaan ho ishliye allah
ke khatir ye
baateio matt kro aur kha lo ..*

*ADITYA : Leke ja ishe mereko nahi khana aur koi
zaroorat nahi mere reham khani ki ,saala aaj tak
mere baap ne aaj tak muujhe insaan maan hee
nahi aur tu
mujhe gyan de rahi hai ,chal nikal ..*

*AFREEN : Tum khate ho ki nahi ki mein jabardasti
karu waiseh bhi tumhare ath pau toh bandhe ishlite
tum abhi kuch kar bhi nahi sakte .
ADITYA : Hath toh laga kar dikha ..*

AFREEN : Accha ruko tum ...."

Suspense With Peace

Ush din saayad pehli baar maine apne fateh gava di thi uske pyar ke samne ,mein kuch kar hee nahi paaya jab vo mere khilaf mujhe apne hathon seh khila rahi thi ,kaidi bann chuka tha uska ,aur sayad uski mohabatt mein ek aazad panchi bhi , meri najron behad jhuki thi uske samne ijhaar toh karna chhahta per kahi vi inkaar na karde ish pathar dil ishliye darta bhi tha aur waiseh bhi mere hisse mein mohabaat ye ijjat jaishi cheeze sobha nahi deti ,in sab ke baad usne mere hath pau khole aur mujhe bash itna ,ki mein tumhare liye bhale hee anjaan hun per tum mere liye meri purri duniya bann chuke ho aur ha aaj ke baad

mere samne naraj hua na toh ye hath jaan bhi le sakte ,kya ham pehle bhi mil chuke hai ?ye mere jehan ki baateion hai ,matlab mein ush waqt khud seh saval kar raha tha ki anjaan ladki meri itni parvaah kyun kar rahi hai ?aur mein uske samne itna kamjoor kyun par gaya ?aab ye kish morr ki kahani hai jo

meri zindagi mein mere liye raheshya bann kar samne aayi hai vo bhi insaniyat ke roop mein ?